肖像撮影　おおくぼひさこ

1983年10月23日

エリーゼのために

忌野清志郎詩集

忌野清志郎

角川文庫
18528

エリーゼのために　目次

I

II

III

Ⅳ

I

トランジスタ・ラジオ

Woo 授業をサボッて
陽のあたる場所に　いたんだよ
寝ころんでたのさ　屋上で
たばこのけむり　とても青くて

内ポケットに　いつも
トランジスタ・ラジオ
彼女　教科書　ひろげてるとき
ホットなナンバー　空にとけてった

ああ　こんな気持
うまく言えたことがない　ない

ベイ・エリアから　リバプールから
このアンテナが　キャッチしたナンバー
彼女　教科書　ひろげてるとき
ホットなメッセージ　空にとけてった

授業中　あくびしてたら
口がでっかく　なっちまった
居眠りばかり　してたら　もう
目が小さく　なっちまった

ああ　こんな気持
うまく言えたことがない　ない
Ah　君の知らない　メロディー

聞いたことのない　ヒット曲
Ah　君の知らない　メロディー
聞いたことのない　ヒット曲

こんなんなっちゃった

ほら見てごらん　おもしろいぜ
ほら見てごらん　もっともっとこっちで
授業中　机にラクガキしてた
マンガ描くなら　才能あるんだ
特別にきみだけに見てみてもらいたい

ほらわかるだろう　オイラのタッチさ
ほらわかるだろう　きっときっときみなら
屋上に廊下にどこにでも描くぜ
最高傑作がほかにもあるんだ
特別にきみだけに見てみてもらいたい

こんなんなっちゃった
こんなんなっちゃった
こんなんなっちゃった

笑っておくれ

特別にきみだけに見てみてもらいたい
ほら見てごらん　続きがあるのさ
ほら見てごらん　だんだんすごくなる
少女マンガのヒロインみたいに
放課後ふたり愛を語ろーよ
特別にきみだけを見て見ていたのさ

こんなんなっちゃった
こんなんなっちゃった
こんなんなっちゃった

笑顔を見せて

ダーリン・ミシン

別れたりはしない　嘘をついたりしない
上等の果実酒　あったかいストーヴ　この部屋の中
ダーリン　ミシンを踏んでいる
嘘つきだなんて　そんな言葉しか
見当たらないお前　とても素敵なミシンを持ってる
ダーリン　ミシンを踏んでいる

今夜は徹夜で　部屋中が揺れている
ぼくのお正月の　赤いコールテンのズボンが出来上がる

Oh　お前の涙　苦しんだ事が
卒業してしまった　学校のような気がする夜

ダーリン　ミシンを踏んでいる

今夜は徹夜で　部屋中が揺れている
ぼくのお正月の　赤いコールテンのズボンが出来上がる

別れたりはしない　嘘をついたりしない
贈りものは果実酒　ささやかな贅沢な気分の夜
ダーリン　ミシンを踏んでいる

ぼくはタオル

ぼくはタオル　汗をふかれる
冷汗　油汗　ドロドロの

ぼくはタイル　便所のスリッパと
仲よしこよしの　お友達

ぼくはカエル　雨にうかれて
ドロの中から　はいずり出して
車に轢き潰された　ガマガエル

ぼくはスメル　そういう匂い
今にも　吐きそうだ

ぼくはスルメ　浜につるされて
カラカラに干されて　あきらめても干されて
でもまだ干されてる
一番スルメ　二番スルメ　三番スルメ
ぼくもメンス

あの夏のGo Go

Ah Ah Ah 昼下り　とろけそうなふたり
Ah Ah Ah 昼下り　時計が溶けてく大通り
Ah Ah Ah 昼下り　とろけそうなふたり
あの夏の午後

迷い込んだサイクリング
思わずふたり後ずさり　夕暮れに宙返り

Ah Ah Ah 昼下り　とろけそうなふたり
Ah Ah Ah 昼下り　ベッドの上でトランポリン
Ah Ah Ah 昼下り　もういちど踊ろうふたり
あの夏の午後

遠くの空に渡り鳥　ひとり浜辺でスイカ割り
おばさん洗たく大通り　あの娘《こ》砂場で逆上り
オイラ泣いたよサルスベリ　心はまるでボーズ刈り
オイラの心に塗りグスリ　おまえのケツに貼りグスリ
もう戻らない　あの夏の Go Go　あの夏の Go Go
Go Go Go Go Johnny Go Go
Go Go Go Go

はじめまして　よろしく

はじめまして　おいら
のんだくれ　のろま　のぅ無し　Ah Ah
いつも不規則な生活をくり返し
バカな頭で　ものごとを考える
さすがにあまりうまくは行かないさ

そうさ　おいら
あきれられ　あきられた
あしっど小僧と人は呼ぶ
いつもみごとに時代に乗り遅れて
月がのぼるころ目覚めて
お前を呼んでも

さすがにあまりうまくは行かないさ

わかったろ　おいら
やりっぱなし　やきもちやき　やく立たず
いつかきっとお前をつかまえる日にも
おかされた頭で悪だくみしてるだろう
さすがのお前もまいるだろう

のんだくれ　のろま　のう無し
はげまされ　はめられずに
はがゆがられ　はずかしめられ
あきれられ　あきられた
あしっど小僧と人は呼ぶ
いつも　おお　自由の歌
くちずさみながら

おかされた頭で金もうけを考える
さすがにあまりうまくは行かないさ

はじめまして　よろしく
はじめまして　どうぞよろしく

ねむれない Tonight

ねむれない Tonight
ねむりたくない Tonight
踊ってたい Tonight
離れたくない Tonight
だって真夏の暑い夜　ねむれない Tonight

帰れない Tonight
帰りたくない Tonight
遊んでたい Tonight
抱いてたい Tonight
だって真夏の暑い夜　帰れない Tonight

お月さまだけが知ってることさ
あの娘《こ》がさっき涙ぐんだことも
風もないビルの谷間の Kiss も
約束をしちまったことも　みんな

忘れない Tonight
忘れたくない Tonight
黙ってたい Tonight
しゃべりたい Tonight
だって真夏の暑い夜　忘れない Tonight

お月さまだけが知ってることさ
あの娘《こ》がきっと幸せになることも
星もない空に見た夢も
祝福をきっとされることも　みんな

信じたい Tonight
信じられない Tonight
迷ってたい Tonight
確かめたい Tonight
だって真夏の暑い夜　信じたい Tonight
だって真夏の暑い夜　信じたい Tonight
だって真夏の暑い夜　ねむれない Tonight

SUMMER TOUR

離ればなれ No No Baby　プールサイドではぐれた
とぎれとぎれ No No Baby　噂を拾い集めて
Oh SUMMER TOUR　急いで旅立てジャック
甘い唇 No No Baby　忘れるなんてできっこない　誰にも

しろい足 No No Baby　ガウンひとつまとって
グラス片手 No No Baby　もいちど踊ろよ
サマータイム・ブルース
Oh SUMMER TOUR　急いで旅立てジャック
甘い唇 No No Baby　花火のように消えちまう　夜空

SUMMER TOUR Ohh Oh　ダンスの続き踊ろよ　ベイビー
SUMMER TOUR Ohh Oh　離れてわかったことがある
SUMMER

離ればなれ No No Baby　これじゃまるで刑務所だ
焼けつくような No No Baby　ひびわれたコンクリート　暑い夏

SUMMER TOUR Ohh Oh　ダンスの続き踊ろよ　ベイビー
SUMMER TOUR Ohh Oh　離れてわかったことがある
SUMMER

ビキニスタイル No No Baby　抱きしめたい　そのまま
やわらかい胸 No No Baby　暑いぜベイビー　このままじゃ
Oh SUMMER TOUR　急いで旅立てジャック
甘い唇 No No Baby　忘れるなんてできっこない

Oh SUMMER TOUR　急いで旅立てジャック
甘い唇 No No Baby　もいちど踊ろよ
サマータイム・ブルース

ステップ！

ダンス・ダンス・ダンス　おどりたい
夜が明けるまで　おどりつづけて
おしえておくれよ　ステップ！
まずはおどりたい　今夜ひと晩中
きっと　うまくのれるさ
これが流行《はや》りのステップ！

お月様雲の中　もう何も見えない
さあ　お願いパートナー　真夜中を
ダンス・ダンス……
四拍子　あしたの事　みんな忘れたよ
ほんとかい？　これでいいのかい？

真夜中のダンス・ダンス・ダンス
おどりたい　ここで軽く笑う
つぎでちょっと　とんで
これが流行《はや》りのステップ！ステップ！

ダンス・ダンス・ダンス　おどりたい
夢で見たことある　同じとこ　とちった
ま・ま・まぶしいよ　ステップ！
心臓が止まっても　もうダンスは止まらない
夜の底で着飾って　からまる足に笑われ
Woo…耳の中がリズムきざんでる
知らん顔のライト浴びて　真夜中を
ダンス・ダンス……
もたっても靴が脱げても
もうダンスは止まらない

さあ　おどろうこのフロア　真夜中を
ダンス・ダンス………
もっともっと　のっけておくれよ
もうダンスは止まらない
鮮かにジャンプするぜ　真夜中を
ダンス・ダンス………
うつ伏せになっても　もうダンスは止まらない
転びそう　もち直して　欠伸《あくび》して
ダンス・ダンス………

ダンス・パーティー

シャンペンをぬいてきみにそそぎたい
きみの愛のグラスに今夜そそぎたい
おいしそうなピザパイ　指でかきまわしながら
はやく栓をぬいてきみにそそぎたい
ダンスパーティーにおいで　だってきみも好きそう
ダンスパーティーにおいで　はやくおいで
チーズケーキ出して　絨毯の上
あふれるのはワイン　きみは先に汗ばむ
ダンスパーティーにおいで　だってきみも好きそう
ダンスパーティーにおいで　はやくおいで
さぁ始めよー

ダンスパーティーにおいで　だってきみも好きそう
ダンスパーティーにおいで　はやくおいで
ダンスパーティー　踊りまくろうBaby
ダンスパーティー　毎晩やりたいダンスパーティー
ダンスパーティー　朝から楽しみダンスパーティー
ダンスパーティー　朝晩かかさずやりたいパーティー
ダンスパーティー　踊りまくろうBaby

エリーゼのために

エリーゼのために捧げるPops
ちょっとEカンジの踊れるやつ
腰うごかしてもっともっとベイビー
エリーゼのために捧げるPops
ちょっとおかしくてキモチEの
腰うごかしてもっともっとベイビー
エリーゼは部屋でピアノのレッスン
ときどき指がからまっちまう
腰うごかしてもっともっとベイビー

エリーゼが本当に好きなのは
ピアノじゃないのよ　ママ
エレキギター　窓からもれる太いギター
破れるようなでかいギター
後悔しそうな固いやつ
不良が弾いてるエレキギター

エリーゼのために今夜のセッション
夜中の三時に帰ればいい
腰うごかしてもっともっとベイビー

エリーゼのために捧げるPops
おまえの黒いこころにプレゼント
腰うごかしてもっともっとベイビー
Ohもっともっとベイビー　(Be Be Be Beat Pops……)

Come on! ブルーディズ
あの娘の好きな
ヤードバーズ、グレース・ジョーンズ、デボラ・ハリー
プリテンダーズ、チャーリー・ワッツ、キース・ムーン
ゲイリー・グリター、ジャニス・ジョップリン、ナカイド・レイイチ
マーク・ボラン、ローランド・カーク、エディ・コクラン
エルモア・ジェイムス、ビッグ・〝O〟…………

Sweet Soul Music

Ah　あの夜《よる》はじめて聴いた　お前のナンバー
くちびるに　くっついたまま　そのまま
Ah　陽焼けしたままの　二人の約束
くちびるに　くっついたまま　そのまま
Baby Baby Now

Sweet Soul Music
あのいかれたナンバー
Sweet Soul Music
シートに　しみ込んでる
お前の匂い
他《ほか》の女とは　区別がつくさ

踊りたがってるのさ
おそろいで作った　この靴が　今も

Ah　シャウトしたままの　お前の面影
タイトなスラックス　あの夏の日の
Baby Baby Now

Sweet Soul Music
あのいかれたナンバー
Sweet Soul Music
シートに　しみ込んでる
お前の匂い
他《ほか》の女とは　区別がつくさ

あの夜《よる》はじめて聴いた　お前のナンバー
くちびるに　くっついたまま　そのまま
くちびるに　くっついたまま　そのまま
そのまま

あの娘のレター

退屈なこの国に　エア・メールが届く
おまえからのレター　遠くから　とても遠くから
わがままばかり言ってた　おまえにイカレてたよ
遠くからのレター　おいら読めるぜ　おまえの匂いさ

風の強いあの日　重たく曇り空　お別れ
飛行場まで　おまえを乗っけてく
アクセル踏んづけて
やたらイキがってポリ公サイレン鳴らしてきた
おいらまるでシカト　いまにも降りそう　重たいあの空

シャララ…　レター
シャララ　Woh Woh

風の強いあの日　重たく曇り空　お別れ
飛行場まで　おまえを乗っけてく
アクセル踏んづけて

もう二度と会えない　そんな気がしてさ
耳をふさいでた　こんな空におまえは飛んでく
シャララ…　レター
シャララ　Woh Woh

ラプソディー

スーツ・ケースひとつで　ぼくの部屋に
ころがりこんで来ても　いいんだぜ　Baby
ギター・ケースひとつの　ぼくのところで
明日から始めるのさ、たった二人の勇気があれば
ダイジョブ　ダイジョブ　きっとうまくやれるさ

バンド・マン　歌ってよ　バンド・マン　今夜もまた
ふたりのための　ラプソディー

きみのパパもママも　いつかわかってくれるさ
だから涙ふきなよ　さあまかせとけよ　ぼくに
ダイジョブ　ダイジョブ　きっとうまくやれるさ

バンド・マン　歌ってよ　バンド・マン　今夜もまた
ふたりのための　ラプソディー

愛してるよ　Baby おまえを　ただそれだけさ
ねー踊ろう　このラプソディー　いかしてるぜ Baby
きみとなら　うまくやれるさ

バンド・マン　歌ってよ　バンド・マン　今夜もまた
ふたりのための　ラプソディー

バンド・マン　歌ってよ　歌ってよ　バンド・マン　ぼくとあの娘《こ》のためにさ
バンド・マン　歌ってよ　歌ってよ　バンド・マン　今夜この店で
バンド・マン　歌ってよ　バンド・マン　今夜もまた
ふたりのための　ラプソディー

II

スローバラード

昨日《きのう》はクルマの中で寝た
あの娘《こ》と手をつないで
市営グランドの駐車場
二人で毛布にくるまって

カーラジオから　スローバラード
夜露が窓をつつんで
悪い予感のかけらもないさ

あの娘《こ》のねごとを聞いたよ
ほんとさ　確かに聞いたんだ

カーラジオから　スローバラード
夜露が窓をつつんで
悪い予感のかけらもないさ

ぼくら夢を見たのさ
とってもよく似た夢を

多摩蘭坂

夜に腰かけてた　中途半端な夢は
電話のベルで　醒まされた
無口になったぼくは　ふさわしく暮してる
言い忘れたこと　あるけれど
多摩蘭坂を登り切る手前の
坂の途中の家を借りて住んでる
だけど　どうも苦手さ　こんな夜は
お月さまのぞいてる　君の口に似てる
キスしておくれよ　窓から

多摩蘭坂を登り切る手前の
坂の途中の家を借りて住んでる

だけど　どうも苦手さ　こんな季節は
お月さまのぞいてる　君の口に似てる
キスしておくれよ　窓から

エンジェル

調子にのってるぜ　運のいいエンジェル
また想い出しちゃう　やさしくされたこと
歩道橋わたるとき　空に踊るエンジェル
お月さま　おねがい　あの娘《こ》かえして

うそつきだから　甘いメロディー知ってる
いつも笑い返して　ぼくに見えないことしてる

調子にのってるぜ　気まぐれエンジェル
ガード・レールけとばして　見あげる空

うそつきだから　甘いメロディー知ってる
いつも笑い返して　ぼくに見えないことしてる

調子っぱずれだぜ　うそつきエンジェル
また想い出しちゃう　やさしくされたこと
歩道橋わたるとき　空に踊るエンジェル
お月さま　おねがい　あの娘《こ》かえして

夜の散歩をしないかね

窓に君の影が　ゆれるのが見えたから
ぼくは口笛に　いつもの歌を吹く
きれいな月だよ　出ておいでよ
今夜も二人で歩かないか

窓を開けて君の　ためらうような声が
ぼくの名前呼んで　何かささやいてる
きれいな月だよ（出ておいでよ）
今夜も二人で歩かないか
今夜も二人で歩かないか

釣りに行かないか

とてもいい天気
風が少しあって
どこもかしこも晴れてる
駅前で君に
ぐうぜん会えるなんて
やっぱり今日はいい日さ
曇っているのは　ぼくと君だけ
いっしょに釣りに行かないか
多摩川に

とてもいい天気
街中のぬかるみが

すっかりきれいになりそうな!
魚《さかな》を釣っても
おかずにはできないが
帰りに魚《さかな》買えばいい
これから行くのさ
もしも暇なら
いっしょに釣りに行かないか
多摩川に
多摩川に
多摩川に
多摩川に

土手の上　自転車で
あの子が通るのさ
そしてぼくらに手を振るさ

曇っているのは　君だけなのさ
いっしょに釣りに行かないか
多摩川に

日当りのいい春に

日当りのいい　道の両側から
幾種類もの花が
くびをたれていて
ぼくも誰もが　きまってゆっくりと
歩いてしまうのさ

道の両側から　ひろがっていた
新しい発見を　しながら
よく晴れた　なつかしい道では
きみの長い髪に　さわりたくなるのさ

よく晴れた　いい日だから
幾種類もの花が
日ざしの中に
こぼれそうになってる　君の
名前を　知りたくなるのさ

ヒッピーに捧ぐ

お別れは突然やってきて　すぐに済んでしまった
いつものような　なにげない朝は
知らん顔してぼくを起こした
電車は動きだした　豚どもを乗せて
ぼくを乗せて

次の駅で　ぼくは降りてしまった
三十分泣いた
涙をふいて　電車に乗りこんだ
遅刻してホールについた
ぼくらは歌い出した
君に聞こえるように　声を張り上げて

空を引き裂いて　君がやって来て
ぼくらを救ってくれると言った
検屍官と市役所は
君が死んだなんていうのさ
明日《あした》　また　楽屋で会おう
新しいギターを見せてあげる

うわの空

君は空を飛んで
陽気な場所をみつけて　そこで結婚すればいい
誰かいいひとみつけて　そこで結婚すればいい
君は空を飛ぶのが大好きなんだ

君は空を飛んで
ぼくの町にやってきて　ぼくと今日《きょう》まで暮した
毎日君は空の上　ぼくの歌など聞くより
君は空を飛ぶのが大好きだった

君は空を飛んで
陽気な場所をみつけに　ぼくをおいて行けばいい

だけど空の上からじゃ　何もはっきり見えやしない
ぼくも空を飛んでみようかなんて

甲州街道はもう秋なのさ

たばこをくわえながら　車を走らせる
甲州街道はもう秋なのさ
ハンドルにぎりながら　ぼく半分夢の中
甲州街道はもう秋なのさ
もう　こんなに遠くまで　まるで昨日《きのう》のことのように
甲州街道はもう秋なのさ

ぼく　まっぴらだ
もうまっぴらだ
これからは来ないでくれないか
ぼくもうまっぴらだよ
うそばっかり

うそばっかり
うそばっかり
うそばっかり

ハンドルにぎりながら　ぼく半分夢の中
甲州街道はもう秋なのさ
どこかで車を止めて　朝までおやすみさ
甲州街道はもう……

別れたあとも

あれは日曜日　朝日通りをちょっと
まがった所で　君の声を聞いた
ぼくの名前　呼ばなかったかい
ふり向いたら　もう君はかくれたあと
意地悪しないでよ
別れたあとまでも

それから　このあいだ　多摩蘭坂を
下ったところで　君の姿を見た
あのバスに乗ろうとしてた
逃げるように　バスは行ってしまう
意地悪しないでよ

別れたあとまでも
今日《きょう》　ここに来る時　明治通りをちょっと
はいった所で　君のうしろ姿
あのセーター着てた
おいかけたけど　いつも君を見失う
意地悪しないから
もどって来て　いつか晴れた日に

まぼろし

ぼくの理解者は　行ってしまった
もう　ずいぶんまえの　忘れそうな事さ
あとは　だれも　わかってはくれない
ずいぶん　ずいぶん　ずいぶん長い間
ひとりにされています

だれか友達を　あたえて下さい
何度も　裏切られたり　失望させられたままのぼくに
そしたら　ぼくの　部屋にいっしょに連れて帰る
幾晩も　幾晩も　幾晩もの間
枕を濡らしました

ぼくの心は　傷つきやすいのさ
ぼくは　裸足で　歩いて部屋に戻る
だから　早く　近くに来て下さい
いつだって　いつだって　昼も夜もわからず
まぼろしに追われています

お墓

ぼくのこの愛は二度と燃えないはずさ
ぼくの心は冷えてしまった　冷えてしまった　冷えてしまった
あまりに大きかった失望が　ぼくのこの目を変えてしまった
ぼくの心を変えてしまった　ぼくの頭を変えてしまった
変えてしまった　変えてしまった

ぼくのあの人は二度と戻らぬはずさ
ぼくは心を閉じてしまった　閉じてしまった　閉じてしまった
あまりに苦しかった毎日が　ぼくのこの目を変えてしまった
ぼくの心を変えてしまった　ぼくの頭を変えてしまった
変えてしまった

あまりに冷たかったお別れが　ぼくのすべてを
変えてしまった　変えてしまった　変えてしまった
ぼくはあの街に二度と行かないはずさ　ぼくの心が死んだところさ
そしてお墓が建っているのさ
Na na na na ……

胸やけ

主催者に文句を　言いたかったけど
体のだるさと胸やけ
だから何から何まで
ぐっとガマンして
出番まで少し横になろう
　胸やけ
　胸やけ
　胸やけ
　胸やけ
　生あくび
コーラを飲みたい
今飲めたらどんなにいいだろう

体のだるさと胸やけ

お前を想い出さずにはいられない
お前は今日《きょう》も山の中走り廻って
枯葉に身をうずめて
野うさぎかこじゅけい……
もしかしたらリスを
ねらっているのさ
悲しくなってくるぜ

胸やけ
胸やけ
胸やけ
胸やけ
胸やけ
胸やけ

君を呼んだのに

バイクを飛ばしてもどこへも帰れない
バイクを飛ばしても帰りつづけるだけのぼくらは
寄り道をしてるんだ
描《か》き上げたばかりの自画像をぼくに
ヴィンセント・ヴァン・ゴッホが見せる
絵の具の匂いにぼくはただ泣いていたんだ
自動車はカバのように潰れていたし
街中が崩れた

それで君を呼んだのに
それで君を呼んだのに
それで君を呼んだのに
君の愛で間に合わせようとしたのに

親愛なるブロック塀　その向うに
意地悪くぼくから取り上げたものを
隠したりひやかしたりは
もうしないでくれよ

クスリを飲んで眠れ　副作用で起きて
何を見せびらかそう

それで君を呼んだのに
それで君を呼んだのに

それで君を呼んだのに
それで君を呼んだのに
それで君を呼んだのに
君の愛で間に合わせようとしたのに

Oh! Baby

いっしょに暮そう　ぼくとふたりで
ふさわしい家を　さがして住もう
そしたらぼくは　ギターとペンを持って
きみのための歌を　きっと書くだろう

Oh! Baby　ぼくを泣かせたいなら
夜ふけに悲しい嘘をつけばいい
Oh! Baby　ぼくをダメにしたいなら
ある朝きみがいなくなればいい
それだけでいい

子供たちがきみの　うわさしてるよ
ぼくはそいつを　NOTE に書きとめ
もうすぐ新しい　歌ができ上るはずさ
五月にはきっと　きみに贈るだろう
Oh! Baby

ぼくらの家の　キッチンで踊ろう
シャワーの中で　歌を思いついたら
体もふかずに　きみはギターを抱いて
ぼくのための歌を　きっと書くだろう

Oh! Baby　ぼくを泣かせたいなら
夜ふけに悲しい嘘をつけばいい
Oh! Baby　ぼくをダメにしたいなら
ある朝きみがいなくなればいい

Oh! Baby　ぼくをまいらせてしまう
どんな事よりも重くのしかかる
Oh! Baby　この歌が聞こえるだろ?
涙ふいて今夜　ぼくをまいらせにおいで
Oh! Baby　この歌を聞いただろ?
涙ふいて今夜　ぼくをまいらせておくれ
Oh! Baby

冷たくした訳は

冷たくした訳は　君がまぶしいから
君を好きになりそうだったからなんだ
おこっているんだろ？　あんなこと君に言って
君を好きになりそうだったからなんだ

君を傷つけたけれど　ぼくは乱暴者じゃないよ
やさしくだってできるさ　君にやさしく
ぼくの前に現われて　ぼくはここにいるよ
君を待っているんだ　このごろはずっと
君を傷つけたけれど　ぼくは乱暴者じゃないよ
やさしくだってできるさ

君にやさしく

冷たくした訳は　君がまぶしいから
君を好きになりそうだったからなんだ
君を好きになりそうだったからなんだ

わかってもらえるさ

こんな歌　歌いたいと思っていたのさ
すてきなメロディー
あの娘に聞いて欲しくて
ただそれだけで歌うぼくさ

この歌の良さがいつかきっと君にも
わかってもらえるさ
いつか　そんな日になる
ぼくら何もまちがってない　もうすぐなんだ
気の合う友達ってたくさんいるのさ
今は気付かないだけ

街で　すれちがっただけで
わかるようになるよ
いつか君にも会えるね
うれしい報せを　もっていってあげたいんだ

たとえばこんなラヴ・ソング

歌うのはいつも　つまらないラヴ・ソング
おいらが歌うのは　たとえばこんな歌さ
そうさ　お前が好きさ

たあいのないものさ　どこかで聞いたような
おいらが歌うのは　安っぽいラヴ・ソング
いつも　くちずさむのさ

お前が好きさ　おいらそれしか言えない
ほかの言葉しらない
だけど言葉で何が言える

誰かさんのように　いい歌はしらない
気持がブルーなとき　お前の名をつぶやく程度さ
それで　どうなる訳でもない

お前が好きさ　おいらそれしか言えない
ほかの言葉しらない
だけど言葉で何が言える

いくつになっても　うまくは喋れない
歌うのはいつも　つまらないラヴ・ソング
たとえば　こんな調子さ

Ta-la-ta-ta-la　お前が
Ta-la-ta-ta-la　好きさ

Ta-la-ta-ta-la　お前が
Ta-la-ta-ta-la　好きさ

指輪をはめたい

きみとOh oh oh oh
はめたいのさ
きみだけと　いつまでも　いつまでも
はめたいのさ
ぼくを　愛して
ささやいて
きみを抱くときに
きみとOh oh oh oh oh
はめたいのさ
指輪を　いつまでも　いつも　いつも　いつも　いつも
はめたいのさ
ぼくには　きみが

よくわかる
よくわかる
目を閉じてもきみが
見える
離れているときも
きみとOh oh oh oh
はめたいのさ
きみだけと
きみだけと　いつまでも
いつも
はめたいのさ
もしも　こんな夜に　外に
ほうり出されても　眠るところさえ
見あたらなくなっても
そばにきみがいれば

そばにきみがいれば
そばにきみがいれば　何も
変りはしないさ　何も
ぼくは何も怖くない　何も
ぼくは何も怖くない　何も
ぼくは何も怖くない　何も
そうさ　ぼくは寒くない　何も
もう　何も
もう
もう

君が僕を知ってる

今まで来た悪い事だけで
僕が明日《あした》有名になっても
どうって事ないぜ　まるで気にしない
君が僕を知ってる

だれかが僕の邪魔をしても
きっと君はいい事おもいつく
何でもない事で　僕を笑わせる
君が僕を知ってる
何から何まで君がわかっていてくれる
僕の事すべて　わかっていてくれる

離れ離れになんかなれないさ

コーヒーを僕に入れておくれよ
二人のこの部屋の中で
僕らはここに居る　灯りを暗くして
君が僕を知ってる

何から何まで君がわかっていてくれる
僕の事すべて　わかっていてくれる
上から下まで全部わかっていてくれる
僕の事すべてBabyわかっていてくれる
わかっていてくれる　わかっていてくれる
わかっていてくれる……

Drive my Car

あたたかいきみの足で　包んで欲しいのさ
今夜遠くから　たどりつくぼくだから
Beep, Beep, mm, Beep, Beep, yeah
夜道をとばして行くよ　古い歌ききながら
どうぞ泣かないで　たどりつくぼくだから
Beep, Beep, mm, Beep, Beep, yeah
Beep, Beep, mm, Beep, Beep, yeah

凍えそうな冬に脈打ってた Babe Babe Babe
きみの笑顔よりも　あったかいものはない
顔うずめた胸が高鳴ってる Babe Babe Babe

きみの涙よりも　悲しいものはない

ながい冬が終るから　こわれかけたその夢を
どうぞあたためて　たどりつくぼくだから
Beep, Beep, mm, Beep, Beep, yeah
Beep, Beep, mm, Beep, Beep, yeah

凍えそうな冬に脈打ってたBabe Babe Babe
きみの笑顔よりも　あったかいものはない
顔うずめた胸が高鳴ってるBabe Babe Babe
きみの涙よりも　悲しいものはない

夜道をとばして行くよ　もうすぐぼくが行くよ
夜道をとばして行くよ　Baby ぼくが行くよ

よごれた顔でこんにちは

よごれた顔で　こんにちは
きみ　元気かい？
きみの部屋の窓から　ぼくがはいりこむのさ
いつものように

よごれた顔で　ごめんね
遊び疲れて来たんだ
ほこり風がふいてたし
汗びっしょりなのさ

　君は笑ってばっかり
　ぼくらは　ふざけてばっかり

よごれた顔で　こんにちは
とても気持いいのさ
夕焼けの窓の向うから　ぼくはやって来たんだぜ
王子様みたいに

君は笑ってばっかり
ぼくらは　ふざけてばっかり

よごれた顔で　ごめんね
ぼくは気にしなくていいのさ
ここに居させておくれよ
きみを見てるだけでいいのさ
きみを見てるだけでいいのさ

モーニング・コールをよろしく

モーニング・コールをよろしく
モーニング・コールをよろしく
たのむよ　明日《あした》の朝
モーニング・コールをよろしく
君の声で　目を覚ませば
一日が　恋の気分さ
たのむよ　いつものように
モーニング・コールをよろしく
あまり甘い声じゃだめさ
夢の続きに　なるから

本物の君のキスで
目を覚ませる　朝が来るまで
電話でがまんするさ
ぼくを　信じておくれ

君の声で　目を覚ませば
Oh Baby　仕事もはかどるのさ

たのむよ　明日《あした》の朝
モーニング・コールをよろしく
君の声で　目が覚めて行く
ねぼけた事は　もうしないさ

おはようダーリン

おはよう　ぼくのダーリン　素敵な朝なのさ
はやく起きて　約束だろ
セントラルに映画観《み》にいく　約束だよ
たいして変りゃしないさ　お化粧なんかしたって
はやく来いよ　ふくれないで
おそろいで買った靴を　さ　はいて行こう
みんなに見られるよ　ふたりで歩けば
ほら　ね
はやく来いよ　そとは明るいよ
約束どおりの午前中さ

手をつないで肩をよせて
おそろいで買った靴を　さ　はいて行こう
ダーリン　ぼくのダーリン　素敵な朝なのさ
アイスクリーム　約束だよ
セントラルに映画観《み》に行こう

体操しようよ

君が　一番　ステキだった
体操をする　君を　みんなが
一、二、三、四、見ていた

みんなは　野原に腰を　おろして
髪や　うすいシャツを　風に
なびかせていた

夕暮れが　近づいて　来て
木に　登って行く　ぼくらを
一、二、三、四、君が見ていた

サヨウナラ　また明日《あした》
サヨウナラ　バイバイ　またね
また明日《あした》　いっしょに
バイバイ　バイバイ　またね
また明日《あした》　いっしょに

III

誰かがBedで眠ってる

誰かがBedで眠ってる　おいらのBedで
誰だろう？　この女は誰だろう？
どうしておいらのBedで眠ってる？

誰かがBedで眠ってる　なんていい女だ！
どうしよう？　スキャンダルがバレたら
せっかくの人気がだいなしになっちまう

誰かがBedで眠ってる　あらわな姿で
「おい、起きろ」　寝ボケているんだな
どうして　おいらの名前を知ってる？

俺には女房はいないはず　いいトシこいて
なぜなの？　みんな俺に聞くけど
誰かが Bed で眠ってるからさ　YEAH

誰かの親父がどなりこむ「娘と別れろ」
お願いだ　あんたのハゲ頭で
ふたりの未来を明るく照らしてくれよ

誰かと Bed で眠りたい　親父の前で
そうすれば　わかってくれるだろう
どんなに激しく結ばれてるかが

誰かが Bed で眠ってる　おいらの Bed で
誰だろう？　この女は誰だろう？
どうしておいらの Bed で眠ってる？

誰かがBedで眠ってる　おいらのBedで

トラブル

胸の中にしまっとく　でかい憂鬱
こないだからずっと　引っかかってることさ
Oh Baby　ついてない　転りこんだトラブル
俺のせいじゃない　誰のせいでもない

公衆電話でおまえと　慰め合う
悪い星の下に生まれてきたってことさ
Oh Baby　ついてない　さけられないトラブル
俺のせいじゃない　誰のせいでもない

(さぁ運命に見捨てられた)　いい加減にしてくれよ！
(ああなんてこった　まったく)　もうどこかむこうへ行ってくれ！

（そこに不幸が取りついた）　Oh!　トラブル　トラブル
（ほら災難がふりかかる）　たった今から始まるぜ

胃の中で爛れてる　でかい憂鬱
昨日《きのう》まであんなに自由だと思ってたのに
Oh Baby　さえない……トラブル
俺のせいじゃない　誰のせいでもない
俺のせいじゃない　違う

（さぁ運命に見捨てられた）　いい加減にしてくれよ！
（ああなんてこった　まったく）　もうどこかむこうへ行ってくれ！
（そこに不幸が取りついた）　Oh!　トラブル　トラブル
（ほら災難がふりかかる）　たった今から始まるぜ

夢の中　のしかかる　でかい憂鬱

家の中は水びたし　手がつけられない
Oh Baby　ついてない　さけられないトラブル
俺のせいじゃない　誰のせいでもない
俺のせいじゃない　誰のせいでもない
俺のせいじゃない　誰のせいでもない
俺のせいじゃない　違う……

いい事ばかりは　ありゃしない

いい事ばかりは　ありゃしない
きのうは　白バイにつかまった
月光仮面が来ないのと
あの娘《こ》が　電話かけてきた
金が欲しくて働いて　眠るだけ

いい事ばかりで　笑ってりゃ
ウラメ　ウラメで　泣きっ面
かわいそうに　あの娘《こ》にも逢えないし
手紙を書くような　柄じゃない
金が欲しくて働いて　眠るだけ

昔にくらべりゃ　金も入るし
ちょっとは倖せそうに　見えるのさ
だけど　忘れたころに　ヘマをして
ついてないぜと　苦笑い
金が欲しくて働いて　眠るだけ

新宿駅のベンチでウトウト
吉祥寺あたりで　ゲロ吐いて
すっかり　酔いも　醒めちまった
涙ぐんでも　はじまらねえ
金が欲しくて働いて　眠るだけ

最終電車で　この町についた
背中まるめて　帰り道
何も変っちゃいない事に　気がついて

坂の途中で　立ち止まる
金が欲しくて働いて　眠るだけ
いい事ばかりは　ありゃしない
きのうは　白バイにつかまった
月光仮面が来ないのと
あの娘《こ》が　電話かけてきた
金が欲しくて働いて　眠るだけ

ナイーナイ

夢も希望もない何もない
新しいことはもう起らない
どこを捜してもない

いくら稼いでもしょうがない
きみが行っちまうなら意味がない
どこを捜してもない

あんなにたくさんあったのに
あんなにたくさんあったのに
みんな燃えてなくなっちまった

ない‐ない‐ない
ない‐ない‐ない
ない‐ない‐ない
ない‐ない‐ない

どこを捜してもない

とても悲しくて眠れない
うずくまったままで歩けない
鼻がつまってしょうがない

あったかいスープを飲ませてくれよ
鍋から吹き出しそうなやつを
いまにもタレてきそうなやつを

ない-ない-ない
ない-ない-ない
ない-ない-ない
ない-ない-ない
どこを捜してもない

うんざり

もう働くのは　うんざり　さんざ汗水たらして
コキ使われて　年老いて辞めるまで働いて
公園のベンチでタバコ吸うのは　もう　うんざり
もうこれ以上　うんざり　さんざ骨身を削り
しぼり取られ　瞬間の夢を見てきたぜ
沈む夕陽をまだ見てる俺さ
　うんざり Baby　うんざり Baby　うんざり Baby　うんざり
　うんざり Baby　うんざり Baby　うんざり Baby　うんざり

おまえの愛が必要さ　三途《さんず》の河を渡る
その前の晩まで　おまえの体を抱きたいぜ
よごれたシーツのその上で

うんざりBaby　うんざりBaby　うんざりBaby　うんざり
うんざりBaby　うんざりBaby　うんざりBaby　うんざり

「まァ　どーしたの?」って　おまえが笑う
さんざ涙でよごれた顔を見て
「おまえがすべてさ」って　俺がささやく
黄色い歯をしたその口で

うんざりBaby　うんざりBaby　うんざりBaby　うんざり
うんざりBaby　うんざりBaby　うんざりBaby　うんざり

ガラクタ

ぼくに聞かせておくれ
君達の悪いたくらみを
ぼくに見せておくれ
君達の貪欲な悪い腹を
でも　そんなに簡単には行かないさ
そんなに簡単には行かないさ
そんなに簡単にはぼくらを
つぶせないさ

ぼくに聞かせておくれ
君達の次のからくりを
ぼくを傷つけておくれ

君達のいつものやり方で
　でも　そんなに簡単には行かないさ
　ぼくらは君達とはちがうよ
　そんなに簡単にはぼくらを
　　つぶせないさ

ぼくらをつぶしたその後は
いったいどうするつもりだい？
誰の盗作をするの？
今度は誰のマネをするの？

ぼくをつっついておくれ
君達の血や肉にするために
ぼくをふんづけておくれ
君達がふんぞり返るために

でも　そんなに簡単には行かないさ
君達じゃたぶん無理だろう
君達はみんなガラクタなんだから

ぼくはぼくの為に

バイバイ　君といたってしょうがない
バイバイ　お別れにキスでもしようか
勘違いにまたがって　君は泣くことができる
ぼくはおりるよ　さようなら
いつまでもお元気で

バイバイ　君といたってしょうがない
バイバイ　君が欲しいのはこれだけさ
ぼくはもう外に出るよ　ひとりよがりに
君はふるえる
ぼくはおりるよ　お先に

もっと　もっと　もっと　もっと
君の為に何かすることがあるかしら？
ぼくはぼくの為に
ぼくはぼくの為だけに
バイバイ　君といたってしょうがない

勘違いにまたがって　そんなに気持いいのかい
ぼくはおりるよ　おつかれさん
もっと　もっと　もっと　もっと
君の為に何かすることがあるかしら?
ぼくはぼくの為に
ぼくはぼくの為だけに
バイバイ　君といたってしょうがない
バイバイ　ぼくはぼくの為だけに

バイバイ　君といたってしょうがない
バイバイ

やさしさ

誰もやさしくなんかない　思い違い——ひとりよがりの
ぼくはやさしくなんかない
ずるい人だ　君は
(ずるい　ずるい　ずるい　ずるい)
責任のがれ　君の荷物さ　それは
ぼくのじゃない
ぼくのじゃない
ぼくのじゃない
ぼくに背負わせないで
誰もやさしくなんかない　君と同じさ
いやらしいのさ

誰もやさしくなんかない
だからせめて
汚ないまねはやめようじゃないか

君はそのうち死ぬだろう

君はそのうち死ぬだろう
このままいけば死ぬだろう
だから何とかしておくれ
君が死んだら迷惑だから

君はもうすぐ死ぬだろう
手首を切って死ぬだろう
無理に生きてもしょうがない
迷惑だけどがまんしてあげる
君はそのうち死ぬだろう
首でもくくって死ぬだろう

君にはその方がいいだろう
誰も死んだ人のこと悪くは言わないよ

君はそのうち死ぬだろう
薬か鉄路にとびこむか
生きていたって同じこと
早くかたづけた方がいい

君はもうすぐ死ぬだろう
誰かが発見するだろう
しばらく誰もが泣くだろう
ぼくらも泣きまねしてあげる

ファンからの贈りもの

贈り物をくれないか　ぼくに贈り物をくれないか
もっとたくさん　もっとすてきなものを
贈り物をくれるなら　リボンを結んでくれないか
花をそえて　何かすてきなものを
彼女にプレゼントするんだから
贈り物をくれないか　あとで楽屋にもってきて
もっとたくさん　もっとすてきなものを
彼女にプレゼントするんだから

ファンからの贈り物　どうもありがとう
ファンからの贈り物　どうもありがとう
ファンからの贈り物　どうもありがとう
——あの娘《こ》もきっとよろこぶよ

贈り物をもらったら　ぼくがあの娘《こ》に贈るのさ
つまらないものは　ゴミ箱に捨てるぜ

私立探偵

たぶんオセロか何かして　遊んでたよ
おいらの相手？　近所のダチさ
聞いてもらえれば　ハッキリするはずさ
おいらのアリバイが
何もやっちゃいないぜ　おいらは無実《シロ》だよ
証拠でもあるのかい？

可愛い私立探偵　Yeah Yeah
ぼくを取り調べ中さ
君を泣かせる事は　二度としないよ　Woo
可愛い私立探偵　Yeah Yeah

何時までオセロをしてたか
それが問題
疑ってるのかい？
あまえてるのかい？
おいらを愛してるかい？

可愛い私立探偵　Yeah Yeah
ぼくを信じておくれ
君を泣かせる事は　二度としないよ　Woo
可愛い私立探偵　Yeah Yeah
可愛い私立探偵　Yeah Yeah
可愛い私立探偵　Yeah Yeah
可愛い私立探偵　Yeah Yeah

恐るべきジェネレーションの違い（Oh, Ya!）

大人達の言うことはわかる　僕は悪いとは思わない
アパートの大家ときたら文句ばっかりだ
夜うるさい素行が悪い　いろんな奴の出入りが激しい
風紀が乱れる　うるさいアパートだ　Oh, Ya!

大人達の言うことは同じ　だけど僕には僕の生活がある
何処かに少しは気の合う大家は居ないのか
朝うるさい家賃が遅れる　女を連れこんでる
だから風紀が乱れる　うるさいアパートの　Oh, Ya!

大家の言うことはわかる　だけど僕の言うことは正しい
少しはわかってくれて　この辺の接点はないのか

大家の言うこともわかる　頭を黒くして仲間に入ればいいのに
アパートの大家ときたら文句ばっかりだ　Oh, Ya!

大家の言うことはわかる　だけど僕の言うことは正しい
少しはわかってくれて　この辺の接点はないのか

大家の言うこともわかる　頭を黒くして仲間に入ればいいのに
アパートの大家ときたら　だけど意固地になって頑固なだけ
Oh, Ya!

あきれて物も言えない

どっかのヤマ師が　オレが死んでるって　言ったってさ
よく言うぜ　あの野郎　よく言うぜ
あきれて物も言えない
どっかのヤマ師が　オレが死んでるって　言ったってさ
よく言うぜ　あの野郎　よく言うぜ
あきれて物も言えない

ところが　おエラ方　それで血迷ったか
次の週には　香典が届いた
前の土曜日に　ガンバローって　乾杯したばかりなのに

オイラ　その香典集めて　こうして遊んでるってワケさ
ますます　好き勝手な事ができる
さあ　オマエに何を買ってやろうか

ヤマ師が　大手を振って　歩いてる世の中さ
汗だくになってやるよりも
死んでる方がまだマシだぜ

おっと　社長さん「お前は死んだ　もうクビだ」と言いたい
さあさあ　ハッキリ　言ってみな
お前はクビだと　言ってみな

何をビビってるのよ　社長　みっともないぜ
さあさあ　あのガッツはどこ行った
今までに何人も　クビ切った　アンタじゃないか

どっかのヤマ師が　オレが死んでるって　言ったってさ
よく言うぜ　イモ野郎　よく言うぜ
あきれて物も言えない

低能なヤマ師と　信念を金で売っちまう　おエラ方が
動かしてる世の中さ　良くなるわけがない
あきれて物も言えない

だからBaby　さあ　今夜はどこで遊ぼうか
まだまだ　香典　集まりそうだ
当分　苦労はさせないぜ

ボスしけてるぜ

ボス　ボス　ボス　ボスの機嫌のいいときに
おいらボスにこう言った　ねえボス
少し上げてくれ　おいらの給料
ボス　ボス　ボス　ボスの機嫌のいいときに
おいらボスにこう言った　ねえボス
少しだけでもアップね　僕の給料

ボス　そしたらボス　ボスの顔色にわかに曇り
ボスがこう言った
「俺の方こそ上げてもらいてえな　ボーズ」

ボス　ボス　ボス　それはないでしょう
そんな言い方　ひどいわ ボス
あんたの下で　おいら働いてるんだぜ　朝から晩まで
ボス　ボス　ボス　すると　ボスがこう言った
「ボーズ　お前のために　ボーズ　お前のために
俺の会社は　つぶせねえな　ボーズ」
ボス　しけてるぜボス　次の日は仕事さぼって寝てた
やる気がしねえ　やる気がしねえ
だけどボスには腹が痛くてと　電話するおいらさ
ボス　ボス　ボス　まったくしけてるぜ
これじゃあんまりだ　青春がだいなしだ

給料日前にはボス　いつもあんたを
うらんでる　ボス　ボス　ボス　ボス　ボス

IV

雨あがりの夜空に

この雨にやられてエンジンいかれちまった
俺らのポンコツとうとうつぶれちまった
どうしたんだ　Hey Hey Baby
バッテリーはビンビンだぜ
いつものようにキメて　ブッ飛ばそうぜ

そりゃあ　ひどい乗り方した事もあった
だけどそんな時にもおまえはシッカリ
どうしたんだ　Hey Hey Baby
機嫌直してくれよ
いつものようにキメて　ブッ飛ばそうぜ

Oh　どうぞ勝手に降ってくれ　ポシャるまで
Woo…　いつまで続くのか見せてもらうさ
こんな夜に　おまえに乗れないなんて
こんな夜に　発車できないなんて

こんな事いつまでも長くは続かない
いい加減明日の事考えた方がいい
どうしたんだ　Hey Hey Baby
おまえまでそんな事言うの
いつものようにキメて　ブッ飛ばそうぜ

Oh　雨あがりの夜空に輝く
Woo…　雲の切れ間にちりばめたダイヤモンド
こんな夜に　おまえに乗れないなんて
こんな夜に　発車できないなんて

おまえに付いてるラジオ感度最高！
すぐにイイ音させてどこまでも飛んでく
どうしたんだ Hey Hey Baby
バッテリーはビンビンだぜ
いつものようにキメて　ブッ飛ばそうぜ

Oh　雨あがりの夜空に流れる
Woo…　ジンライムのようなお月様
こんな夜に　おまえに乗れないなんて
こんな夜に　発車できないなんて
こんな夜に　おまえに乗れないなんて
こんな夜に　発車できないなんて

DDはCCライダー

DD　ガレージの中で　待ってるぜ
DD　スカシたぼくのBaby　イキがった
CC　ライダー　また乗っかってくれよ

DD　ガレージの中に　放ったらかし
DD　それゃないぜBaby　オイラにまたがって
CC　ライダー　また乗っかってくれよ

DD　ハンドル握って　オイラをころがしてよ
DD　あの変なカッコして　フカしてトバして　もっと
CC　ライダー　また乗っかってくれよ

DD　トッ捕まっても　懲りちゃいないぜ
DD　ブチ込んでくれよ　タンクに
750CC　このエンジン　あったメて
サビついた　オイラを　みがいておくれ
DD　凍りついた　ハイ・ウェイ
DD　でも　満タンだぜ　Baby
750CC　このエンジン　あったメて
サビついた　オイラを　みがいておくれ
DD　忘れられないんだ　お前のテクニック
DD　知っているハズよ　オイラの性能
CC　ライダー　アクセル握ってよ

DD　ガレージの中で　ずっと待ってた
DD　親愛なる　スカシた Baby Baby Yeah
CC　ライダー　もういちど握ってよ

排気ガスも　凍りついてる
どこも　かしこも　規制されてる

CC　ライダー
CC　ライダー

つ・き・あ・い・た・い

もしもオイラが偉くなったら
偉くない奴とは　つきあいたくない
たとえそいつが古い友達でも
偉くない奴とは　つきあいたくない

オイラがむかし世話になった奴でも
いくらいい奴でも　つきあいたくない
だけどそいつがアレを持ってたら
俺は差別しない　Oh つきあいたい

Oh つ・き・あ・い・た・い
Oh つ・き・あ・い・た・い

とても　つ・き・あ・い・た・い
Oh つ・き・あ・い・た・い

誰かが陰《うしろ》であやつろうとする
だから俺はときどき手をぬく
だけどそいつがアレを持ってたら
俺は手をぬかない　Oh つきあいたい

Oh つ・き・あ・い・た・い
Oh つ・き・あ・い・た・い
とても　つ・き・あ・い・た・い
Oh つ・き・あ・い・た・い

Oh Baby　今夜おまえと Oh つ・き・あ・い・た・い
深くつきあいたい　狭くつきあいたい

Oh Baby Baby　今夜　Woo　つ・き・あ・い・た・い
俺は差別しない　Oh つ・き・あ・い・た・い

Oh つ・き・あ・い・た・い
Oh つ・き・あ・い・た・い
とても　つ・き・あ・い・た・い
Oh つ・き・あ・い・た・い

キモちE

EEE　キモちE
EEE　キモちE
EEE　キモちE
E

そうさ　おいらは一番　キモちE
だれよりも　キモちE
サイコー　サイコー
か・か・か・か・かんじる　キモちE　E
だれよりも　キモちE
どこまでも　キモちE
布団で寝ている奴より

女と寝ている奴より
新聞読んでる奴より
音頭をとってる奴より
だれよりも　キモちE
どこまでも　キモちE
サイコー

E E E　キモちE
E E E　キモちE
E E E　キモちE
E

そうさ　おいらは一番　キモちE
どこまでも　キモちE
サイコー　サイコー

か・か・か・か・かんじる　キモちE　E
だれよりも　キモちE
どこまでも　キモちE
車に乗ってる奴より
電車に乗ってる奴より
条件出してる奴より
牛乳飲んでる奴より
だれよりも　キモちE
どこまでも　キモちE
サイコー

E　E　E　キモちE
E　E　E　キモちE
E　E　E　キモちE
E

エネルギーOh エネルギー

エネルギーOh エネルギー　空を飛べ　海につっこめ
地面をもち上げる　エネルギー
エネルギーOh エネルギー　河の流れなど変えてしまえ
誰にも負けない　オイラのエネルギー
あいつもボケたぜ　寒くてふるえてるぜ
チキショーかげぐち　たたいてる奴ら　ぶっとばす
だから　エネルギー
エネルギーOh エネルギー　だから　オイラにもう一度
カロリー　若き日の百万馬力
ただ坐ったままで　年老いていった奴を知ってるぜ
でもオイラにカンケーねえ　ねえ　ねえ

誰にも負けない　オイラのエネルギー
あいつもボケたぜ　ワン・パータン　マンネリ
チキショーかげぐち　たたいてる奴ら　ぶっとばす
だからエネルギー
エネルギー Oh エネルギー　もどってきてくれオイラのこの胸に
一晩中　踊るためのエネルギー
山をもくずすエネルギー　百万馬力　不滅のエネルギー
誰にも負けない　オイラのエネルギー

ブン・ブン・ブン

ブン・ブン・ブン・ブン・ブン
ブン・ブン・ブン・ブン・ブン
ブン・ブン・ブン・ブン・ブン
何を警戒してるの？　Baby Baby
おかしいよ　そんな心配
ズイブンだぜ　ズイブン・ブン・ブン　Baby Baby
そんな目をしないで

何も悪い事してないぜ　Baby Baby
おかしいよ　そんな歩き方
ズイブンだぜ　ズイブン・ブン・ブン
見てごらん　あのダサい服装

今夜　オイラ　ビー・ビー・ビコーされてる
ビ・ビー・ビ・ビー・ビー

どんなに運が悪くても　Baby Baby
奴らにだけは捕まらない
ズイブンだぜ　ズイブン・ブン・ブン　Baby Baby
高い税金払ってるぜ
今夜まるで　ジョージョージョージョートーだぜ
ジョージョー

ほら両腕を差し出すよ
新しいダンスを踊ろう
この腕を縛り上げられるのは
Oh Baby　おまえだけさ

ブン・ブン・ブン・ブン・ブン
ブン・ブン・ブン・ブン・ブン

絶対捕まらないぜ　Baby Baby
オレのダチを痛めつけた奴らには
ズイブンだぜ　ズイブン・ブン・ブン　Baby Baby
どこかに　とんでっちまうぜ
オイラの電話　トー・トー・トーチョーされてル
ルルルルル………
ほら両腕を差し出すよ　どこへでも連れてっておくれ
この腕に手錠かけられて
Baby　おまえのものになりたい
ブン・ブン・ブン・ブン・ブン
ブン・ブン・ブン・ブン・ブン

ブン・ブン・ブン・ブン・ブン
ブン・ブン・ブン・ブン・ブン

ベイビー！　逃げるんだ

最悪だぜ！　女とイチャついてる暇もねえ
Rock Band のツアーが行くぜ
汚れたステージ衣装でおなじみの曲やるのさ
意味もなく　わめき散らすぜ　Yeah
　ベイビー逃げるんだ
　ベイビー逃げるんだ
ベイビー逃げるんだ　げるんだ

Rock はもう卒業だとあいつは髪を切るのさ
お似合だぜ　Eアタマだな
生意気な奴だったのに
なんだか素直になったたな

レスポールが重たすぎたんだろ
　ベイビー逃げるんだ
　ベイビー逃げるんだ
　ベイビー逃げるんだ　げるんだ

最悪だぜ！　夜中にまるで寝かしてくれねえ
Rock Band のツアーがいくぜ
おれはバクダン抱えて奴らにマークされてる
まさかお前と離れられない
　ベイビー逃げるんだ
　ベイビー逃げるんだ
　ベイビー逃げるんだ　げるんだ

ガ・ガ・ガ・ガ

ノイズだらけの　ラジオが鳴ってらァ
ごきげんな　リズム＆ブルース
サイコー　ガ・ガ・ガ・ガ・ガ・ガ

高速道路が　オイラの屋根だぜ
アスファルトのＤＫおいしそー　Oh my Baby
はき出される匂い　吸い込みたいのさ
あそこは工事中　ハデにやってる　ガ・ガ・ガ・ガ・ガ・ガ

オイルに汚れたツラで　一日中働く
とんでもないぜ　おまえと別れるなんて
逃げられっこないぜ　Baby

そうさ　おまえからは
逃げられっこないぜ　Baby
どこにも行けやしないさ
逃げられっこないぜ　Baby
きっと　かぎつける

ガソリンスタンドの　昨夜《ゆうべ》の事件が
新聞に出てたぜ　でかいニュース
ノラ犬が走ってく　パトカーみたいに
夕暮れが近いぜ　ガ・ガ・ガ・ガ・ガ・ガ

オイルに汚れたツラで　一日中働く
とんでもないぜ　おまえと別れるなんて
逃げられっこないぜ　Baby
そうさ　おまえからは

逃げられっこないぜ　Baby
どこにも行けやしないさ
逃げられっこないぜ　Baby
きっと　かぎつける

ミスター・TVプロデューサー

On Airしてください
見たいのは　ロック・ショー
Yeah　ミスター・テレビ局のプロデューサー

スイッチをひねって
テレビで踊りたい
だから　お願い　プロデューサー

ぼくの毎日　ほんとはコドクなんだ
トモダチは　テレビだけ
八時台　ゴールデン・タイム

チャンネル　合わせて
夢のロックン・ロール・TVショー

リクエストもするさ
きっと　彼女とふたりで
Yeah ミスター・テレビ局のプロデューサー

ぼくの毎日　ほんとはコドクなんだ
トモダチは　テレビだけ

ラジオじゃ物足りない
レコードは聞き飽きた
やっぱり　テレビが大好き

きっと彼女といつか

このソファーで　ふたり
夢のロックン・ロール・TVショー

On Airしてください
見たいのは　ロック・ショー
Yeah ミスター・テレビ局のプロデューサー

Wah, Wah……来いよ　ベイビー
こっち　こっち　オモシロイのやってるぜ Yeah
Yeah, Yeah

ロックン・ロール・ショー

ほら　もういっちょう　これはロックン・ロール・ショー
さあ　もういっちょう　オレたちロックン・ロール・バンド
今夜ももうけて帰るぜ　女に不自由はしないぜ
だってさ　これはロックン・ロール・ショー　ロック・ショー
ほら　もういっちょう　これはロックン・ロール・ショー
さあ　もういっちょう　すげえロックン・ロール・スター
まるで興奮しちゃうね　まるで憧れちゃう
だってさ　これはロックン・ロール・ショー　ロック・ショー

Oh　神様　あの娘とブッとんでいたい
Oh　神様　でも目を覚ませばステージの上

役立たずの神様　ハード・ロックが大好き

ほら　もういっちょう　これはロックン・ロール・ショー
さあ　もういっちょう　そうさこれはただのロックン・ロール・ショー

Oh　神様　このままブッとんでいたい
Oh　神様　でも目を覚ませばステージの上
役立たずの神様　役立たずの神様　ハード・ロックが大好き

ほら　もういっちょう　これはロックン・ロール・ショー
さあ　もういっちょう　あの娘《こ》ロックン・ロール・スター　スター
ステージの端から端まで
踊り続けてくれよ

だってさ　これはロックン・ロール・ショー　ロック・ショー

Yeah　ロックン・ロール・ショー
すり切れるまで
Woh　ロックン・ロール・ショー
高く飛び上がってさ
Oh Yeah ロックン・ロール・ショー
つまずいても　へりくだっても
ロック・ショー　ロック・ショー
ロックン・ロール・ショー

ドカドカうるさいR&Rバンド

バカでかいトラックから機材が降ろされ
今夜のショーのためのステージが組まれる
街中のガキ共にチケットがばらまかれた
ドカドカうるさいR&Rバンドさ

やつはBluesをきめてギターをひきずる
おれはSpeedつけてステージをかけぬける
ホテルをうろつく女を誰かがヨロシクしてるぜ
ドカドカうるさいR&Rバンドさ

子供だましのモンキービジネス
よってたかって分け前をあさる

子供だましのモンキービジネス
まともな奴はひとりもいねえぜ　Oh Yeah

イキがったりビビッたりしてここまで来た
ツアーがどこに行くのか誰も知らない
おれは浮ついた歌でお前の気をひくだけさ
ドカドカうるさいR&Rバンドさ

子供だましのモンキービジネス
よってたかって分け前をあさる
子供だましのモンキービジネス
まともな奴はおれしかいねえぜ　Oh Yeah

バカでかいトラックに機材が積まれて
明日もどっかの街でいかれた音を出す

悲しい気分なんかぶっとばしちまいなよ
ドカドカうるさいR&Rバンドさ
悲しい気分なんかぶっとばしちまえよ　Baby
ドカドカうるさいR&Rバンドさ

あとがき

ある日、変な男がやって来て、詩集を出さないかと言い出した。

「でもなー、俺は詩人じゃないぜ。ただのブルース・マンだからな。」

「えー、ブルース・マンなんですか?」

「そうさ。ブルースが俺にとりついてるのさ。」

「しかし……、まえはバンド・マンて言ってたのに。」


ブルースが俺の足にからまって、一晩中踊らせるのさ。とても寝かしちゃくれねー。

奴は俺の鼻から、スッと入りこむ。それで俺は、また新しい曲を書くのさ。

俺はバンドの奴らと長いツアーに出る。でも、手をぬくわけにはいかねえ。ブルースが俺の背中にへばりついてて休ませちゃくれねえのさ。

ステージでとんだりはねたりやるのは、ブルースがとりついてるからなんだぜ。

「そうですか。いろいろ大変ですねえ。ブルース・マンでいるためのトレーニングとかは?」

「まあ、ジョギングとか……」

「しかし、必ずしも詩人だけが詩集を出すのではありません。ブルース・マンであってもかまわないじゃありませんか。」

「し、しかし、きみ……、それに服装が……」

「……」

その男が何も言わずにカバンから取り出したのは、着物であった。

刊行に際しては、その男すなわち彌生書房の川島達之氏、りぼんの坂田喜策氏、写真家のおおくぼひさこさん、共作の収録を快諾し応援してくれた仲井戸麗市、その他おおぜいの人達のお世話になりました。どうもありがとう。心から礼を言うぜ。

昭和五十八年十一月

忌野清志郎

解説　詩という扉

角田光代

この本を、私は大学生のときに買った。もちろんRCサクセションというバンドが好きだったから買ったのだが、しかし、読んでみればわかるとおり、当時ですら、またRCファンの女子にすら、これは単なる「バンドの歌詞集」ではなかった。これは、詩集なのだ。

大学生のとき、私はくり返しくり返し、この本を開いて、読んだ。最初は音がついてくる。メロディと、忌野清志郎のあの独特の声を、言葉が連れてくる。本を開いているあいだ、始終音が鳴っている。いくつかの、おそらくアルバムに収録されていない、つまり音として聴いたことがない詩でも、やっぱり音がついてくる。

それが、あるときふと消える。くり返し読んでいると、消える瞬間がある。言葉がくっきりと立ち、私たちの個人的な生に、寄り添う。

忌野清志郎という人は、バンドマンだった。音楽の人だった。私がこの人の音楽をはじめて聴いたのは一九八六年、十九歳のときで、そのときすでに、そのことはわかっていた。だから四年後、小説家として運よくデビューでき、そののち熱烈なファンだという理由だけで忌野清志郎について何か書かせていただくことが増えてからも、私は決して、この人が言葉の人だとは書かなかった。この人の言葉は文学だとか、歌詞が詩だとか、慎重に書かないようにしてきた。失礼だと思ったからだ。だれに、って、自分を含むこの人の音楽を愛するすべての人に。

彌生書房から一九八三年に出版された『エリーゼのために』は、私が学生だった八〇年代後半はごくふつうに売られていたけれど、とうに絶版になっている。けれどどの出版社も買い取って復刊しないなんておかしいじゃないか、と思いつつも、でも、忌野清志郎は音楽の人だからな、という思いもあった。彼の詩は詞で、それは読まずとも聴けばいいのだ。歌詞カードだってある。そう思いながら、やっぱり、「でも」という思いもあった。「でも」。

この本が復刊される今だから、私はもう言ってしまおうと思う。忌野清志郎は音楽の人だったけれど、でも、言葉の人でもあった。

私が忌野清志郎の音楽をはじめてきちんと聴いたのは、レコードではなく日比谷野外音楽堂のライブだったから、私はずっと、この人の音楽、もしくはパフォーマンスに気持ちのぜんぶを持っていかれたのだと最初は思っていた。でも、この『エリーゼのために』をくり返し読むうち、気づいてしまった。そうじゃない、私はこの人の言葉にこそやられたのだ、と。でも、そんなことは言わなかった。先に挙げた理由と同じである。音楽の人に対して、「その言葉がすばらしい」と言うのはまちがっていると思っていた。

忌野清志郎の声は独特で、言ってみれば、へんだ。一見なよなよしいのにぶっとい。そのへんな声とメロディと詞、この三つが合わさると、ほかのだれにも作り得ない世界が広がって、普遍になる。その普遍は、私の個人的体験をも包みこむ。私は忌野清志郎の歌を聴きながら恋をし、失恋をし、アルバイトをし、未来に不安を覚え、友だちと笑い、また恋をして年齢を重ねた。彼の歌は、どんな風変わりに思える歌であれ、私の日々に寄り添っていた。私は赤いコールテンのズボンなど縫ったりしない、でも、そうすることが恋だった。ガードレールを蹴飛ばしたことはない、でも、そうしてひとり夜空を見上げることが失恋だった。きみは死ぬだろうなんて他人に対して思ったことはない、でもそれが絶望だった。骨身を削ってしぼりとられたことなどない、でもそれが大人になることだった。幾晩も枕を濡らしたことなんかない、でも、それが孤独だった。ああ、そうだ、本当にそうだと、いちいち彼の歌に納得しながら年齢を重ねてきた。

恋も、失恋も、怒りも、孤独も、はじめて味わうのに、いつも知っているような気がしていた。だから、私はさみしくなかった。心細さに押しつぶされることもなかった。歳を重ねて未知のことをひとつずつ知っていくとき、この人の歌がいつもともにあったから。

それは歌でなければならなかった。でも、同時に、言葉だけだったとしても、きっと私に届いたろうと思う。忌野清志郎の奏でるメロディも歌う声も知らなかったとしても、彼の言葉は、じゅうぶん私に寄り添い、ともにいてくれたろうと思う。逆に考えれば、彼が違う言葉を用いていたら、私はこの人の音楽を聴き続けなかっただろう。こんなにも長いあいだ。

この詩集『エリーゼのために』を買ったときから二十代後半まで、私はしょっちゅう開いては読んでいた。メロディと声が聴こえなくなるまで、くり返し。それはやっぱり、ウォークマンで四六時中彼の歌を聴き続けることと、同じことだった。忌野清志郎の声は、その向こうに広大な景色を見せ、なおかつそれを私たちひとりひとりに所有させてくれるけれど、この人の言葉もまた、まったく同じことをすると、この詩集を読んでいて、思う。音を消した言葉は、静かに鮮やかに世界の断片を見せ、それを私たちひとりひとりにゆだねる。

思い返すと、三十代の十年間、忌野清志郎の音楽は聴き続けていたけれど、私は一度もこの本を開かなかった。二十代のときより、はじめて出合うものがだんぜん少なくなり、もしくは少なくなったと思いこみ、彼の言葉に寄り添ってもらわなくてもよかったからだと想像する。そうしてもうひとつ、この詩集に収められた言葉は、とてもみずみずしい。その理由として、単純に、これを書いたときの忌野清志郎の年齢や、バンドの位置もあるだろう。忌野清志郎はまだ「ゴッド」ではないし、RCサクセションは解散していない。ここに描かれた愛も怒りも、絶望も希望も、みずみずしくストレートだ。そのストレートさ、みずみずしさは、二十代の自分にこそふさわしかったのだろう。

この文章を書くにあたって、だから、ほとんど十数年ぶりにこの本を開いた。二十代のときのように、頼るように、すがるように読まずともよくなって、今ようやく、純粋に忌野清志郎という人の言葉に触れることができる。私は単なるいちファンで、音楽にも詩にもまったく詳しくなく、だから評なんてとてもできないのだが、それでもやっぱり、その声と同じく、この人の選ぶ言葉、使う言葉は変わっていると思う。スラックスとかサルスベリとか、コールテンとかおかずとか、体操とか三途の河とか、日常的に耳馴染みはいいが、そのぶん、どちらかといえばぱっとしない、古びた、ロックっぽくはない言葉を多用しているのに、どういうわけだか、この人の手に掛かるとそれらは新しい光を放つ。アイスクリームとか土手とか、こじゅけいなんていう牧歌的な言葉も、どういうわけか、何か非常にハイカラな響きに変わってしまう。ほかの人では到底与えられない光を、そうした言葉に宿してしまうのだ。

多摩蘭坂、というのも、そのひとつだと思う。たまらん坂は国分寺と国立の真ん中あたりに実在する坂で、固有名詞として、そんなにかっこよくはない。だって「たまらん」なのだ。それに彼が「多摩蘭」と漢字にしてしまっただけで、何か深い意味のあるクールな言葉に変わってしまう（漢字にしたからといって、世露四苦じみないところが、また忌野清志郎のずば抜けたセンスだと思う）。

久しぶりにこの本を読み、それらの言葉が今なおひとつひとつ独自の光を放ち、スラックスもこじゅけいもますます新しくかっこよく、何ひとつ古びてないことに、そんなのは当然だろうと思いながら、でもやっぱりうれしくなる。それはここに書かれた言葉が、この言葉を書き連ねた忌野清志郎という人が、ほんものであるという動かしようのない証左で、つまるところ、私は学生時代にそれをすでに嗅ぎ分けて、数多くあるほんものっぽいもののなかから、きちんとほんものを手に入れていたのだ。そのことの確信がもてて、うれしいのである。

ちょっとびっくりしたのは、ページを開くたび、やっぱり音と声が立ち上がってくることだ。おそろしいことに、私は今でもここにおさめられた歌のすべてを、うたえる。三日前の夕食のメニュウすら覚えていられないというのに、二十年も前に聴いていたメロディはひとつも抜け落ちていないのだ。そういう曲を、この人は描いたのだ。

くり返し読んでいると、やはりその音と声は次第に消えていく。浮かび上がってくる言葉だけを目で追っていると、自身の姿があらわれる。恋をして、はじめてよろこび、はじめて泣き、はじめて安堵し、はじめて嫉妬し、はじめて怒り、はじめて地団駄踏んだ姿や、仕事や居場所、ほしいものがほしいように手に入らず、焦り、こわがり、困惑していた姿、友だちと夜を闊歩し、酔っぱらい、地面に寝転がって笑い、何時間でも電話で話す姿、そうしたものが、言葉の隙間から、濃い輪郭を持ってあらわれてきて、唖然としてしまう。そのどれも、実際より光に満ちている。忌野清志郎の言葉を介して記憶しているせいで、この言葉のきらめきやみずみずしさを存分に吸いこんで真空パックされているのだ。

先に私は、忌野清志郎は音楽の人でもあったが、言葉の人でもあった、と書いた。でもほんとうは、そんな分類は馬鹿げているくらい、この人は確固として忌野清志郎であり、その名前は、強烈な表現者とつねにイコールなのである。彼の表現を扉とするならば、そこにはいくつもの扉があったはずだ。音楽という扉、言葉という扉。そればかりでなく、絵画に気持ちをつかまれた人もいるだろうし、ルックスに惚れた人もいるだろう。佇まいや生きかたに、強烈に憧れた人もいるだろう。私たちはその無数の扉の、どこからでも入っていくことを許されていた。どこから入っていったって、きちんと打ちのめされる。同じ強度で。

この一冊もまた、扉である。復刊というかたちでこの扉がふたたび用意されたことを、私は本当にうれしく思う。そして、これからこの扉を開ける人のために、よかったと心から思う。おこがましいようだけれど、本当にそう思う。

二十数年、忌野清志郎という人の音楽と言葉に触れてきて思うのは、この人は一貫して忌野清志郎で在り続けた、ということだ。この詩集におさめられているのは彼の初期作品だが、あまりにも忌野清志郎として完成されていることに、あらためて驚いてしまう。

みずみずしく、かつ、すでに完成された詩人の言葉は、私たちのささやかな日々にぴったりと寄り添い、そしてともに年齢を重ねてくれる。

▼各曲収録オリジナル盤

I

- トランジスタ・ラジオ
「PLEASE」
- こんななっちゃった
「BEAT POPS」
- ダーリン・ミシン
「PLEASE」
- ぼくはタオル
「PLEASE」
- あの夏のGO GO
「BEAT POPS」
- はじめまして よろしく
未発表曲
- ねむれない Tonight
「OK」
- SUMMER TOUR
「BEAT POPS」
- ステップ!
「EPLP」
- ダンスパーティ
「THE KING OF LIVE」
- エリーゼのために
「BEAT POPS」
- Sweet Soul Music
「PLEASE」
- あの娘のレター
「BLUE」
- ラプソディー
「RHAPSODY」

II

- スローバラード
「シングル・マン」

・多摩蘭坂
「BLUE」
・エンジェル
「RHAPSODY」
・夜の散歩をしないかね
「シングル・マン」
・釣りに行かないか
未発表曲
・日当たりのいい春に
未発表曲
・ヒッピーに捧ぐ
「シングル・マン」
・うわの空
「シングル・マン」
・甲州街道はもう秋なのさ
「シングル・マン」
・別れたあとも
未発表曲

・まぼろし
「BLUE」
・お墓
「OK」
・胸やけ（曲名は「胸ヤケ」）
「FEEL SO BAD」
・君を呼んだのに
「BEAT POPS」
・Oh! Baby
「OK」
・冷たくした訳は
「シングル・マン」
・わかってもらえるさ
「EPLP」
・たとえばこんなラヴ・ソング
「PLEASE」
・指輪をはめたい
「OK」

- 君が僕を知ってる
「EPLP」
- Drive My Car
「OK」
- よごれた顔でこんにちは
「EPLP」
- モーニング・コールをよろしく
「PLEASE」
- おはようダーリン
「EPLP2」(廃盤)
- 体操しようよ
「PLEASE」

III

- 誰かが Bed で眠ってる
「OK」
- トラブル
「BEAT POPS」
- いい事ばかりはありゃしない
「PLEASE」
- ナイーナイ
「BEAT POPS」
- うんざり
「OK」
- ガラクタ
「GROOVIN' TIME」
- ぼくはぼくの為に
「シングル・マン」
- やさしさ
「シングル・マン」
- 君はそのうち死ぬだろう
「the TEARS OF a CLOWN」
- ファンからの贈りもの
「シングル・マン」
- 私立探偵
「FEEL SO BAD」

- 恐るべきジェネレーションの違い（Oh, Ya!）
「BEAT POPS」
- あきれて物も言えない
「PLEASE」
- ボスしけてるぜ
「RHAPSODY」

Ⅳ

- 雨あがりの夜空に
「RHAPSODY」
- DDはCCライダー
「PLEASE」
- つ・き・あ・い・た・い
「BEAT POPS」
- キモちE
「RHAPSODY」
- エネルギー Oh エネルギー
「RHAPSODY」
- ブン・ブン・ブン
「RHAPSODY」
- ベイビー！ 逃げるんだ。
「THE KING OF LIVE」
- ガ・ガ・ガ・ガ・ガ
「BLUE」
- ミスター・TVプロデューサー
「PLEASE」
- ロックン・ロール・ショー
「BLUE」
- ドカドカうるさいR&Rバンド
「OK」

シングル・マン　1976.4.21
RCサクセション

1. ファンからの贈りもの /2. 大きな春子ちゃん /3. やさしさ /4. ぼくはぼくの為に /5. レコーディング・マン（のんびりしたり結論急いだり）/6. 夜の散歩をしないかね /7. ヒッピーに捧ぐ /8. うわの空 /9. 冷たくした訳は /10. 甲州街道はもう秋なのさ /11. スローバラード

RHAPSODY　1980.6.5
RCサクセション

1. よォーこそ /2. エネルギー Oh エネルギー /3. ラプソディー /4. ボスしけてるぜ /5. エンジェル /6. ブン・ブン・ブン /7. 雨あがりの夜空に /8. 上を向いて歩こう /9. キモチ E

PLEASE　1980.12.5
RCサクセション

1. ダーリン・ミシン /2. トランジスタ・ラジオ /3. モーニング・コールをよろしく /4. たとえばこんなラヴ・ソング /5.DDはCCライダー /6.Sweet Soul Music/7. ぼくはタオル /8. ミスター・TVプロデューサー /9. いい事ばかりはありゃしない /10. あきれて物も言えない /11. 体操しようよ

EPLP　1981.6.1
RCサクセション

1. わかってもらえるさ /2. ステップ！ /3. 雨あがりの夜空に /4. ボスしけてるぜ /5. トランジスタ・ラジオ /6. よごれた顔でこんにちは /7. 上を向いて歩こう /8. 君が僕を知ってる /9. キモチ E/10. たとえばこんなラブソング

BLUE 1981.11.21
RCサクセション

1. ロックン・ロール・ショー /2.Johnny Blue/3. 多摩蘭坂 /4. ガ・ガ・ガ・ガ・ガ /5. まぼろし /6. チャンスは今夜 /7. よそ者 /8. あの娘のレター

BEAT POPS 1982.10.25
RCサクセション

1. つ・き・あ・い・た・い /2. トラブル /3. こんなんなっちゃった /4. 恐るべきジェネレーションの違い (Oh, Ya!) /5. エリーゼのために /6. SUMMER TOUR /7. あの夏のGO GO/8. ナイ・ナイ /9. 君を呼んだのに /10. ハイウェイのお月様

OK 1983.7.5
RCサクセション

1.Drive My Car/2.Oh! Baby/3. お墓 /4. 誰かがＢｅｄで眠ってる /5. ねむれない Tonight/6. うんざり /7. ブルドッグ /8. 指輪をはめたい /9. ドカドカうるさいR&Rバンド

THE KING OF LIVE 1983.12.5
RCサクセション

Disc1:1. ドカドカうるさいR＆Rバンド /2. 雨あがりの夜空に /3.Drive My Car/4. お墓 /5. ねむれない Tonight/6. ダンスパーティー /7.NEW SONG **Disc2:** 1. たとえばこんなラヴ・ソング /2.Oh! Baby/3. 誰かがBedで眠ってる /4. ブルドッグ /5.Sweet Soul Music ～ I've Been Loving You Too Long/6. 指輪をはめたい

EPLP2 1984.7.21

RCサクセション

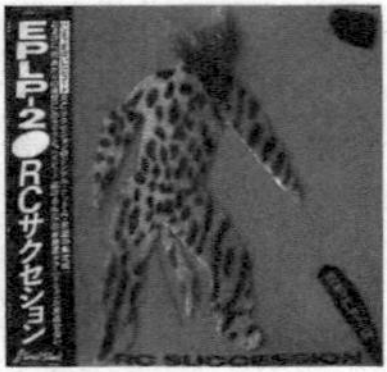

1.SUMMER TOUR/2. つ・き・あ・い・た・い /3.Oh! Baby/4. ベイビー！逃げるんだ。/5. 雨あがりの夜空に（ライブ）/6. ノイローゼ・ダンシング（H|CHABO は不眠症）/7. 窓の外は雪 /8. ダンスパーティ /9. おはようダーリン /10. ベイビー！逃げるんだ。（ダブ・バージョン）

FEEL SO BAD 1984.11.21

RCサクセション

1. 自由 /2. 腰をふれ /3. うるせえ！ /4. 失礼スルゼ（訣別の詩）/5. 胸ヤケ /6. セルフポートレート /7.NEW YORK SNOW・きみを抱きたい /8. 私立探偵 /9. 不思議 /10. 夢を見た /11. 可愛いリズム /12. 動かせHEY - HEY - HEY

the TEARS OF a CLOWN 1986.10.22

RCサクセション

1.IN THE MIDNIGHT HOUR/2.Sweet Soul Music～Strawberry Fields Forever/3. 君が僕を知ってる /4. ラプソディー /5. よそ者 /6. 君はそのうち死ぬだろう /7. 打破 /8. スローバラード /9.SKY PILOT スカイ・パイロット /10. トランジスタ・ラジオ /11. ドカドカうるさいR＆Rバンド /12. LONELY NIGHT(NEVER NEVER) /13. ヒッピーに捧ぐ /14. 自由 /15. 雨あがりの夜空に

GROOVIN' TIME 1997.7.24

忌野清志郎 Little Screaming Revue

1. ガラクタ /2. 気まぐれな女 /3. メロメロ /4. 裸のマンモス /5. 鳥の歌は Love Love/6. 不真面目にいこう /7. 裏切り者のテーマ /8. ソングライター /9. 風 /10. 浮いてる /11. 夢見るグルーヴィン・タイム

ジャケット写真協力　ユニバーサルミュージック

本書は二〇〇九年十二月に角川学芸出版より
刊行された単行本を文庫化したものです。

編集協力　相澤自由里
小林有美子

エリーゼのために

忌野清志郎詩集《いまわのきよしろうししゅう》

忌野清志郎《いまわのきよしろう》

平成26年 4月25日　初版発行
令和7年 10月10日　13版発行

発行者●山下直久

発行●株式会社KADOKAWA
〒102-8177　東京都千代田区富士見2-13-3
電話　0570-002-301(ナビダイヤル)

角川文庫 18528

印刷所●株式会社KADOKAWA
製本所●株式会社KADOKAWA

表紙画●和田三造

ISBN978-4-04-400317-3　C0195

JASRAC 出 1403239-513